LES

Joies de l'Heure

DU MÊME AUTEUR

LES CHIMÈRES, poésies couronnées par l'Académie française, 2e édition (*épuisé*).
L'IDOLE, sonnets (*épuisé*).
LES SOUVENIRS, sonnets.
LES VILLES DE MARBRE, poésies couronnées par l'Académie française.
L'ADIEU, poème.
PRINTEMPS PASSÉ, poème parisien.
LE PETIT SALON, en vers (1876-1877).
AU FIL DE L'EAU, poésies.
POÈMES DE PARIS.
VERS LE SOIR, poésies couronnées par l'Académie française.
TRIOLETS DES PARISIENNES DE PARIS.

POÉSIES (*Les Chimères, l'Idole, les Souvenirs, les Villes de Marbre*). Lemerre. (PETITE BIBLIOTHÈQUE LITTÉRAIRE.)

ALBERT MÉRAT ET LÉON VALADE

AVRIL, MAI, JUIN, sonnets. Poésies de Léon Valade, tome I. Lemerre. (PETITE BIBLIOTHÈQUE LITTÉRAIRE.)
INTERMEZZO, poème traduit de Henri Heine (*épuisé*).

Pour paraître prochainement

CHANSONS ET MADRIGAUX.
VERS OUBLIÉS.
ÉPIGRAMMES, TRIOLETS, PETITES PIÈCES.

CORBEIL. — Imprimerie ÉD. CRÉTÉ.

ALBERT MÉRAT

LES
Joies de l'Heure

CHOSES PASSÉES — LE COIN DES POÈTES
IMPRESSIONS ET NOTES D'ART
DEUX PEINTRES
CONSEILS DU POÈTE A LUI-MÊME

PARIS
ALPHONSE LEMERRE, ÉDITEUR
23-31 PASSAGE CHOISEUL, 23-31

MDCCCCII

CHOSES PASSÉES

(Souvenirs de 1900)

*
* *

Ami des choses dédaignées,
Au lieu, n'étant pas en prison,
D'apprivoiser des araignées,
Comme le faisait Pélisson,

J'appelle les rythmes que j'aime :
Il en arrive de partout ;
Le profit est presque le même,
Mais c'est amusant comme tout.

Ces visiteurs, troupe empressée,
A qui je donne le bonjour,
Et des miettes de ma pensée,
Me reconnaissent à leur tour.

Ils viennent, ces bons camarades,
M'offrant pour rien, pour le plaisir
D'égayer les heures maussades,
Ce que je prends de leur loisir.

Comme je les en remercie !
Heureux si je puis quelquefois
Faire que leur voix s'associe
A la caresse de ma voix !

CHAMBRES ANCIENNES

I

(Louis XVI)

C'était le cadre fin et blanc
Où l'or a des valeurs exquises
Qui seyait au charme troublant
Des belles petites marquises.

Sur des étoffes de Damas,
De cent fleurettes diaprées,
S'accoudèrent de jolis bras
Et s'assirent des adorées.

Avec leur mouche sur le sein,
Leurs poses de grâce infinie,
Elles avaient pour tout dessein :
Être de bonne compagnie.

Et le décor l'a bien compris !
Des flambeaux sur la cheminée
Dont le goût rare fait le prix,
Près d'un dessin de Lagrenée.

Pour mettre leurs lettres d'amour
Dont l'iris parfume la cendre,
Un coffret, un bonheur du jour...
Là, des vases en pâte tendre.

Délicates choses d'hier,
Aussi douces qu'une caresse...
Un chiffonnier de Riesener
Vaut presque un marbre de la Grèce !

On n'a jamais fait de décor
D'une plus juste poésie :
Il fallait du blanc et de l'or
Pour cadre à la race choisie,

Au monde charmant qui luttait
De politesse et de bien dire,
Au joli temps où l'on mettait
Un joli mot dans un sourire.

II

(Constituante)

L'ombre de nous reste vivante,
Rien n'est tout à fait effacé :
Voici la figure émouvante
Et la parole du passé.

Comme un roi dont le chef ne pèse
Qu'un vain poids de jours superflus,
Ces meubles encor Louis Seize,
Qui bientôt ne le seront plus,

Sont comme autrefois à leur place.
Les cadres sont jolis encor,
Mais sans les colombes qu'enlace
La grâce fine du décor,

Aïeul grave, spectre visible,
Les Droits de l'Homme dans la main,
J'aperçois un *homme sensible*,
En train de devenir romain.

Il rêve en un lit tricolore
Où domine encore le blanc
La clarté rose d'une aurore,
Non la pourpre vaine du sang.

Mais la Carmagnole l'emporte
Sur la culotte nacarat...
— Voyez-vous au seuil de la porte
La tête aimable de Marat?

Qui, dans cette époque vilaine,
Mais si grande et si loin de nous,
Comme l'a dit un jour Verlaine,
En souriant, était très doux.

Chambré évocatrice de l'heure
Où nous fûmes fauves et beaux,
Parle à notre présent qui pleure
L'envergure de ces tombeaux.

III

(Directoire)

Poursuivons de lire l'Histoire...
Le col de cygne ! nous voici
Dans un salon du Directoire,
Authentique, très réussi.

Le métier à tapisserie,
Moins joujou frêle que harnais,
Où pointillait sa rêverie
Joséphine de Beauharnais.

Son maître a-t-il autant de grâce ?
Voici la harpe pour le soir.
— Elle a l'épaule déjà grasse
Et l'instrument la fait valoir.

A Notre-Dame comparée,
Je n'ai jamais bien su pourquoi,
La Tallien fait son entrée
Riant aux autres comme à moi,

Sous un voile à peine qui gante
Sa nudité sans embarras.
La canaillerie élégante
Et si complète de Barras

Là-bas fait la roue et dandine
Un ventre, où des breloques d'or
Bruissent, tandis qu'il combine
Deux ou trois parjures encor.

Mais voici que l'œil se régale
De voir entrer dans ce salon
Un soldat, maigre de la gale
Gagnée au siège de Toulon.

IV

(Empire)

Pour cette époque grandiose,
Le style noble de Percier
A tout de même quelque chose
Qu'il est juste d'apprécier

Ces torses gainés de chlamydes
Ne sont pas des mots déjà dits,
Et le grand sphinx des Pyramides
Dans tous les coins fait des petits.

Les victoires de vert antique,
C'est l'Empereur, César Romain,
Plus qu'un Charlemagne gothique
Qui les tient toutes dans sa main.

Le rire s'éteint sur la lèvre
Et l'on est tenté d'applaudir
Quand la maréchale Lefebvre,
Le jour du Sacre, fait un cuir.

C'est le cadre de l'épopée
Où, derrière les rideaux lourds,
On entend la prosopopée
Magnifique de nos tambours.

V

(La chambre de Talma)

Pontifes de la Comédie,
Que la *part entière* anima,
Saluez bien bas, *quoi qu'on die*,
Vous êtes, messieurs, chez Talma.

Cette chambre très noble est bleue,
En joli bois de citronnier,
Et l'on n'y sent pas d'une lieue
L'importance d'un semainier.

Sur les deux portes l'on admire
Des amours casqués et laurés.
Le véritable point de mire
Est, sans trop d'aigles égarés,

L'homme, le dieu qui tout gouverne,
Le portrait de Napoléon !
Ainsi notre Talma moderne
Doit avoir celui de Léon...

Au fond du lit est une glace.
Ne souriez pas, il est clair
Qu'elle est là, discrète à sa place,
Pas du tout, comme elle en a l'air,

Pour doubler la jambe ou le buste
D'une amie aux divins attraits,
Mais pour rendre les traits d'Auguste
Ou simplement d'augustes traits.

Une majesté manifeste
Éclate ici, qu'avec ardeur
J'acclame, aujourd'hui que le geste
N'a plus ni ligne ni grandeur !

VI

(Restauration)

Émus encore des Burgraves
Qui sont une insulte pour l'art,
Devenons sérieux et graves :
Voici Monsieur Royer-Collard.

Il n'est pas sous-vétérinaire
Comme un député de nos jours.
Sa cravate de doctrinaire
L'encadre : elle fait plusieurs tours.

J'ai froid devant ce bureau sombre
Et ce redoutable acajou.
Tel qu'un oiseau palpite et sombre
Dans les pattes d'un sapajou,

Je ne suis plus rien chez ce maître
A qui la stature fait don
D'une importance que le mètre
Renonce à mesurer. Pardon,

Majesté, grand homme, Excellence,
Que nul raseur n'a dépassé.
Si j'ai troublé votre silence...
Pardon, je passe, j'ai passé.

VII

(Louis-Philippe)

Je me souviens qu'enfant timide
On me conduisait sans élan
Chez ma cousine Zénaïde
Lui souhaiter le nouvel an.

Des meubles bourgeois et solides,
D'un mauvais goût particulier,
Très laids. — Hier, aux Invalides,
J'ai reconnu ce mobilier.

O couchants d'or du Pausilippe,
Comment pourrait-on vous rêver.
Dans ce fauteuil Louis-Philippe
Qu'il a bien fallu conserver.

Devant ce morne secrétaire
Sous l'abat-jour de ce quinquet,
Laideurs qui priez de se taire
La beauté que l'on évoquait.

Pauvretés de l'heure présente
Ne seriez-vous rien à ce prix!...
— La pendule te représente
O Notre-Dame de Paris!

La reine Marie-Amélie
Sous un bonnet où gît l'effroi
Qui rend laide la plus jolie!
En face le portraît du Roi,

Lithographique, méritoire
Comme un portrait qui ressembla.
L'expression de « bonne poire »
Ne viendrait-elle pas de là ?

Meubles affreux qu'en mes jours tendres
Je vis encor chez des parents,
Ne renaissez pas de vos cendres
Et devenez indifférents.

VIII

(Second Empire).

Crinoline ! Winterhalter !
O peintre de la crinoline
A qui cette éclipse imputer ?
La douce grâce féminine

Va-t-elle, hélas, se départir ?
A quoi pense la jeune fille
En se coiffant ? Un repentir
Excuse-t-il une résille ?

Malgré la belle toison d'or
De l'Impératrice Eugénie,
Tout est clinquant dans ce décor
Exempt de goût et de génie.

Luxueuse à faire crier,
Excessive, indéterminée,
En sculpture de marbrier
Proémine la cheminée.

Des candélabres si pesants
Que s'il vous prenait une envie
D'en faire pour moi des présents,
Je dirais : Jamais de la vie !

Au milieu de ces oripaux
De tous les styles et sans style,
Je vois un buste de Carpeaux,
Revanche exquise de l'argile !

A part cela, le reste ment.
Ce n'est qu'une vaine apparence,
Une façade, un gonflement
Dont a failli mourir la France.

AU THÉATRE ÉGYPTIEN

Fellah de lignes sémitiques,
Enfant au profil de chameau,
Moïse aux temps pharaoniques
Dut te faire un frère jumeau.

Dans cette troupe que constelle
Zorah, ventre au roulis marin,
Tu descends pour moi d'une stèle...
Ramsès Quatre fut ton parrain.

Ce sont tes yeux fendus et calmes
Sur la frise, au-dessus des fûts
Dont les chapiteaux sont des palmes,
Et tu restes ce que tu fus.

Ta pose sans grâce enfantine
Évoque, en un accord subtil,
Les figures d'Éléphantine
Qui se renversent dans le Nil.

A te voir mon rêve s'égare :
Et, près de te les envier,
J'adore dans un ciel barbare
Tes dieux à tête d'épervier.

DANSE D'ORIENT

Les crotales scandaient ainsi que des cigales
Cette danse lascive aux strophes inégales,
Tantôt vive, tantôt irritant le désir
Par des pauses, comme en invente le plaisir.
— La beauté qui se plaît aux choses ingénues
En Grèce fit danser les nymphes toutes nues
Vers la mer où Vénus naquit en souriant...
La sensualité triste de l'Orient
N'a su tirer de cette extase qu'est la femme
Ni la grâce, ni la caresse, sœur de l'âme.
Luxurieux et grave, il la fit tour à tour
Esclave aux lourds fardeaux ou servante d'amour.

BAIGNEUSE

(De Vestier)

Au statuaire James Vibert.

Baigneuse adorable, équivoque
Femme ou fillette de seize ans,
Dont la distinction évoque
Les Françaises de l'ancien temps,

Vous n'avez pas l'air d'un modèle,
Bien qu'il en soit de précieux
Qui semblent l'image fidèle
D'ancêtres vrais et sérieux.

Comment êtes-vous toute nue ?
J'ose à peine vous regarder,
C'est fraude, méprise ingénue...
La suivante ne peut tarder.

Pourtant je ne puis me résoudre
A fermer mon cœur et mes yeux :
— Le givre fin d'un peu de poudre
Fait neige blonde vos cheveux ;

Un air d'assurance tranquille,
Peut-être de virginité,
Souffre que, sans voile inutile,
On détaille votre beauté ;

Le sein est une fleur jolie
Éclose d'hier seulement ;
La jambe au buste se relie
Dans une courbe, qui dément

La gracilité de votre âge,
Et dessine en traits spacieux
Un délicieux avantage,
Comme on disait chez nos aïeux.

Parce que mon cœur est moderne
Et que vous n'êtes pas Vénus,
Pardonnez si je me prosterne
Et si je baise vos pieds nus.

VIEUX JOUETS

Ils étaient simples ces jouets
Sans fanfreluches inédites,
Du temps qu'en leurs atours fluets
Nos grand'mères étaient petites.

A présent même, les paillons
Semblent sur les moires fanées
Des cadavres de papillons
Parmi des roses surannées.

Ces gamines de l'ancien temps
S'amusaient de bien peu de chose :
Leurs yeux étaient aussi contents
Et leur bouche heureuse aussi rose.

On pourrait bien vite compter
Ce qui les tenait occupées
Et l'on n'aurait pu suspecter
L'honnêteté de leurs poupées,

Tandis qu'assise au clavecin,
Leur petite mère poudrée
Jouait un air de Couperin
Ou la gavotte préférée.

LE COIN DES POÈTES

A SULLY PRUDHOMME

après une lecture du « Testament Poétique ».

Poète aux ailes magnifiques,
Dont les stances sous les portiques
Peuvent, en présence des dieux,
Être par les lèvres des sages
Redites à travers les âges
Comme un exemple harmonieux!

Ton esprit lucide m'explique
Dans sa structure et sa musique
Comment est fait le vers français,
Dans sa rime et dans sa césure,
La technique de sa mesure,
Fixe ses lois, dit les excès

De ces novateurs illusoires
Qui s'imaginent que nos gloires
Savent leur nom ou leur pays !
Qui ne veulent ni Dieu ni maître,
Et ne peuvent se reconnaître,
Par leurs ténèbres éblouis!

Tu dédaignes dans tes algèbres
De disséquer jusqu'aux vertèbres
Ces invertébrés de notre art !
Le temps qui nous juge et nous classe
Mettra les choses en leur place,
Et l'on se comptera plus tard !

A ceux-là qui n'ont qu'à se taire
Pourquoi dévoiler le mystère ?
Les bons poètes en effet,
Aux strophes de tous applaudies,
N'ont que faire des prosodies,
Car c'est d'après eux qu'on les fait.

SUR LA STATUE D'ALPHONSE DAUDET

par Saint-Marceaux.

Malgré le talent du sculpteur
Et la vérité de la pose,
Ce n'est pas le divin conteur
Qu'était alors le *Petit Chose.*

Tu n'as pas plus de quarante ans
Dans ce beau marbre de souffrance ;
Pourquoi ces gestes attristants
De mortelle désespérance ?

Jeune, debout et radieux,
L'homme gardait toute sa sève
Sur tes lèvres et dans tes yeux
Passait la flamme de ton rêve.

Le mal ne parlait que tout bas,
Et tu marchais, aimant la vie,
Et la poursuivant pas à pas
D'une paupière inassouvie.

Ton regard myope et charmant,
De pénétration subtile,
Nous voyait tous, exactement,
Sans une indulgence inutile.

Sur la toile de tes récits,
Marqués du signe de la grâce,
C'était un art d'accents précis
Dans une touche large et grasse.

Poète, enclin à t'égayer,
Et que le vin des mots enivre,
Tu nous lisais, pour l'essayer,
Quelque page exquise d'un livre.

Dans la gloire de ton été
Que ma mémoire perpétue,
C'est à cette heure de beauté
Qu'il fallait faire ta statue.

A THÉODORE MAURER

pour ses Sonnets sur les femmes de Shakspeare.

La source est pure et bien choisie
Qu'offre à ta muse ce géant.
Bois encore. Ta poésie
Grandit, Shakspeare l'agréant.

Ce prodigieux faiseur d'âmes,
Plus harmonieux qu'un amant,
Trouva des noms divins de femmes,
Entendus de lui seulement.

Tu les connais et tu les chantes,
Ces fleurs d'esprit, ces fleurs d'amour
Que le heurt des choses méchantes
Incline ou blesse sans retour.

Ces princesses au cœur farouche,
Exhalant, en disant la leur,
La plainte humaine par leur bouche
De passion et de douleur.

Les jeunes, les blanches, les mortes,
Celles d'hier et d'autrefois,
A qui le rêve ouvre ses portes
Pour la musique de leurs voix.

Et vois combien elles sont belles,
Puisque ton vers en est plus beau,
Touchant la poudre de leurs ailes
Ou la cendre de leur tombeau!

*
* *

Je porte le signe hautain
Et nostalgique de ma race :
Je fus Grec et je fus Latin
Du temps de Sophocle et d'Horace.

Sur le Lycabète, à Tibur,
Mon regard buvait les merveilles
De la lumière au rythme pur,
Et je connaissais leurs abeilles.

Sous la frise du Parthénon
Ou devant les marbres d'Auguste,
Écouté des hommes ou non,
Ma voix parlait le verbe juste.

La forme lucide du vers,
En strophes devant moi dressée,
Luisait incessante à travers
La vision de ma pensée :

Et c'est pourquoi je me souviens
Et joins en gerbes radieuses,
Ayant vécu des jours anciens,
Les syllabes harmonieuses.

LA CHANSON:

à F. A. Cazals.

Moqueuse, drôle, un peu gamine,
Parigote du bataillon,
Ta chanson est aiguë et fine :
La pointe est parfois l'aiguillon.

Sous un chapeau de fantaisie,
Elle a les traits malicieux...
Et ce qu'il faut de poésie
Pour chanter bien et dire mieux.

I

La chanson, c'est l'âme charmante
Des grands poètes inconnus,
Qui s'ignorent, et que tourmente
L'essaim des rêves ingénus ;

C'est aussi la Mazarinade,
La flèche prompte de l'esprit
C'est l'à propos en embuscade
Qui frappe à coup sûr et qui rit.

La niaiserie incolore
De la romance troubadour
A fait place au vers tricolore
Qui chante en battant du tambour.

Désaugiers dessine à la plume
Paris qui passe, s'égayant
Aux réverbères qu'on allume,
Ou qui s'éveille en souriant.

Nadaud, sans faire de folies,
Dit sur un coteau modéré
De petites choses jolies
Que l'Empire trouve à son gré ;

Mais avant lui, d'un grand coup d'aile,
Dupont nous donne la leçon
D'élever à l'ode éternelle,
Ode elle même, la chanson !

II

Que dire de la chanson rosse ?
Puisque vous l'appelez ainsi,
Gens de la butte et de la noce,
Qu'on ne comprend guère qu'ici !

Hugo fit la chanson des rues
Et des bois. — Moins proche des dieux,
Bruant fit la chanson des grues,
Du Paris louche et vicieux.

Parmi la Lice Chansonnière
Il est des amuseurs gentils ;
Ils ont un goût, une manière...
J'en connais un. Combien sont-ils ?

Couplet ou stance bleue ou rose.
Selon les mots aux tons divers,
La musique vient et se pose,
Appelée au rythme des vers.

Poème épars, lyre infinie,
Esprit, pensée aux mille voix,
Vous êtes la pure harmonie
Et l'éclat de rire à la fois.

O chansons, berceuses sacrées,
Faut-il que le peuple aujourd'hui
Applaudisse, déshonorées,
Ces formes qui viennent de lui?

LES AÈDES.

à Ernest Raynaud.

La plupart sont des étrangers,
Étrangers même à notre langue;
Ils lui font courir des dangers.
La plupart sont des étrangers.
Ils viennent jusqu'en nos vergers
Mettre nos doux mots à la cangue.
La plupart sont des étrangers,
Étrangers même à notre langue.

L'hémistiche, qu'est-ce cela ?
Qui parle encore d'hémistiche ?
La belle règle que voilà !
L'hémistiche, qu'est-ce cela ?
Qu'on remise ce tra la la;
A la niche, Azor, à la niche !
L'hémistiche, qu'est-ce cela ?
Qui parle encore d'hémistiche ?

La rime, pour qui les prend-on ?
C'était bon pour Hugo, la rime.
Fi ! fi ! que c'est de mauvais ton !
La rime, pour qui les prend-on ?
Cela va sur le mirliton
De ce vieux barde qu'on supprime.
La rime, pour qui les prend-on ?
C'était bon pour Hugo, la rime !

Le nombre de pieds d'un bon vers
N'inquiète qu'un patriarche :
Quinze ou vingt, (les goûts sont divers),
Le nombre de pieds d'un bon vers.
En va-t-il marcher de travers ?
Plus on a de pieds, mieux on marche !
Le nombre de pieds d'un bon vers
N'inquiète qu'un patriarche.

Le mot propre ! Encore un bénêt !
Qui gratte encore ce furoncle ?
Tous les mots se valent : c'est net.
Le mot propre ! encore un bénêt !
C'est bonnet blanc ou blanc bonnet,
« C'est kif-kif » aurait dit notre Oncle !
Le mot propre, encore un bénêt !
Qui gratte encore ce furoncle ?

O musique, que me veux-tu,
Sereine et divine musique
Grinçant sur leur turlututu !
O musique, que me veux-tu ?
Tu ne pèses pas un fétu,
Prise en cette métaphysique.
O musique, que me veux-tu,
Sereine et divine musique!

O noble et bon vieux vers français,
Laisse passer la mascarade.
Tu vis parfois d'autres excès,
O noble et bon vieux vers français !
Laisse crever ce jeune abcès,
Ris, et tiens bon, mon camarade.
O noble et bon vieux vers français,
Laisse passer la mascarade !

A UN JEUNE HOMME QUI SE DESTINE AU THÉATRE.

A l'âge de toutes les sèves,
Jeune homme, qui vois dans tes rêves
Des Coquelins au menton bleu,
Pour qui Bonnat manque de toiles,
Et qui, semblables aux étoiles,
Étincellent du même feu ;

Soit ! il est gloire plus hautaine !...
Mais, si tu dis du La Fontaine,
N'ajoute rien qui soit de toi
A ce vieux maître tutélaire
Dont la sagesse nous éclaire
Et dont l'art unique fait loi.

N'y touche pas ! Laisse tranquille
Hugo, loin de qui je t'exile !
Ne sais-tu pas qu'ils sont des dieux ?
Et que leur culte nous protège,
Et qu'un enfant est sacrilège
D'oser rire de ses aïeux !

Ou si (tous les efforts sont justes !)
Tu lèves vers ces fronts augustes
Comme vers le ciel tes regards,
Et je te pardonne à ce titre !
Laisse là le masque du pitre,
Ses cosmétiques et ses fards !

Écoute ! leur voix est divine.
Comprends, interroge, devine
La strophe qui va s'envoler,
Et, débutant ou virtuose,
Si tu veux être quelque chose,
Laisse leurs lèvres nous parler !

⁂

J'aime mieux la bonne tête
De l'enfant, sûr à demi,
Qui récite d'un air bête
La Cigale et la Fourmi.

Il chante, il blèse, il détonne,
Il n'y comprend rien du tout :
Je transpire et je m'étonne
S'il arrive jusqu'au bout.

C'est puéril et difforme.
Et c'est gentil, pour cela
Que la distance est énorme
Du gosse aux vers que voilà.

La musique est ridicule,
Mais les yeux sont si jolis,
Et la bouche minuscule
A des plis et des replis

Effarés, drôles, si roses
Qu'on ne voudrait pas fermer,
Pour ne plus ouïr ces choses,
Ces lèvres qu'il faut aimer.

*
* *

La Fontaine, vieux maître à qui je dis : merci,
Tu dus fatalement naître tout près d'ici.
Arles ne te vit pas, et pourtant ta cigale
Chanta de jolis airs sur la flûte inégale.
L'œil reflète le ciel et l'âme se ressent
De l'absence ou de la mesure de l'accent.
Tu prononces les mots comme il sied de les dire,
Et c'est cela qui fait la grâce du sourire.
Notre lumière est douce : en passant par les bois,
Sa finesse s'accorde aux notes de la voix.

⁂

Des hommes, des élus, qui n'ont écrit qu'un livre,
Par delà tous les temps sont assurés de vivre !
C'est justice et bonheur, mais on n'est pas moins grand
Pour en avoir créé plusieurs du même rang.
Si la source est divine et belle où je m'abreuve,
Un filet d'eau suffit et peut valoir un fleuve ;
Mais le fleuve en riant qui mène les ruisseaux
Roule plus de beauté profonde dans ses eaux.
Ainsi, sans mesurer ses ondes, le génie
S'en va multiplié vers la mer infinie.

*
* *

Tes vers sont de bons vers et leur forme est la nôtre.
Sont-ils bien de ta main ou de la main d'un autre ?
Le Verbe pense juste et l'image sourit ;
Mais quel coin, quelle frappe a marqué ton esprit ?
Quels sont tes traits ? Quel est le son de ta parole ?
— Je voudrais distinguer à des tons d'auréole,
A quelque bijou rare, à quelque fleur d'été,
La muse que je vois de celle d'à côté.
Je cherche un joli signe, un rien qui m'avertisse.
Ni le charme ingénu, ni la grâce propice
Ne me guident... Son nom me revient par bonheur ;
J'allais lui dire : « A qui, Madame, ai-je l'honneur ?... »

*
* *

Allons, bon ! le voici qui va faire des vers !
Le premier a déjà la... bouche de travers.

Les autres, dont les mots ne sont que des fumées,
Somnolent lourdement, les paupières fermées.

Dans ce brouillard qui tombe et qui m'enrhume un peu,
Je ne vois pas la moindre étincelle de bleu.

Les belles strophes sont pourtant de la lumière !
Je ne distingue plus rien depuis la première.

Qui t'invitait, qui t'a poussé, qui te forçait ?
Une démangeaison ? Te gratter suffisait.

Pourquoi faire des vers quand on écrit en prose ?
Une plume n'est pas une aile, je suppose !

AU POÈTE ENNUYEUX

Les rieurs ne sont pas de ton côté! Qu'importe?
On sait qu'on va trouver derrière cette porte,
Où, dès le seuil, on sent un peu d'humidité,
L'ennui. — Soyons polis, disons-lui : « Majesté »!...
Je ne ris pas! — Je n'en ai pas la moindre envie;
Sans l'ennui, roi des jours, quelle serait la vie,
Et que serait le ciel s'il ne savait pleuvoir!
Il le sait! C'est à moi, ce me semble, d'avoir
Une âme avec cette eau familiarisée.
La pluie est, après tout, un peu plus de rosée,
Et la rosée excelle à divertir les fleurs.
Donc la pluie est un baume, et parmi les meilleurs,
Pour faire pousser l'herbe et la mélancolie,
Et les gens sérieux la trouvent très jolie.

A RAOUL PONCHON

Parce qu'il fait rire et qu'il rit,
S'amusant à ce qu'il nous conte,
Et que ce sage a de l'esprit,
Les sots en tiennent peu de compte.

On trouve qu'il est négligé,
Que ses vers sont d'un art facile :
Une idée, en passant, que j'ai,
C'est qu'il est maître fort habile.

Avec ses airs de boire un coup
Ou bien de faire le bonhomme,
Entre plusieurs, entre beaucoup,
Je le choisis et je le nomme.

Il a des mots inattendus
Qu'on attendrait bien des années,
Et qui sont de force entendus
Par des oreilles couronnées.

Il fait des fautes tout exprès
Pour voir et s'aiguiser la langue ;
Regardez cela de plus près :
C'est un diamant, non sa gangue.

Il parle franc et parle bien,
De tant de choses qu'on s'étonne
De ne rencontrer presque rien
Qui périclite ou qui détonne.

Au milieu du triste fatras
De notre muse prolifique,
Simple, sans faire les grands bras,
Devant le vieillard magnifique

Qui s'en venait, passant chez nous,
Morne, les paupières flétries,
Et n'ouvrant plus son grand cœur doux
A l'illusion des patries,

Devant le spectre de tels maux,
Cessant un instant de sourire,
C'est lui qui trouva les seuls mots
Que nous pussions oser lui dire.

AUX FEMMES

Les charmeuses, les charmantes,
La vierge aux yeux bleus ou verts,
Celles qui sont nos amantes,
Comprennent-elles nos vers?

Où va leur rêve? Que sais-je
Des livres qu'elles ont lus?
Être belles les protège
Contre les mots superflus.

La grâce qui les décore
Se passe de nos leçons :
Leur cervelle n'est sonore
Que pour deux ou trois chansons.

Si vous dites : « Je vous aime,
« Votre sourire est sans prix... »
Des caprices sur ce thème
Ont chance d'être compris.

Leur esprit un peu futile
Les guide ; elles savent bien
Qu'un poème est inutile,
Et qu'un vers ne rime à rien.

Pourtant il en est d'exquises,
Dont l'âme s'en vient vers nous,
Qui sans en être requises,
Sans qu'on tombe à leurs genoux,

Vibrent à la poésie,
Une extase dans les yeux,
Étant d'argile choisie
Et de cœur harmonieux.

LE VERS LIBÉRÉ

Quel étrange vocabulaire !
Le vers français, noble et sacré
De Chénier ou de Baudelaire,
Devenant forçat libéré !

Forçat, soit ! bien que je le nie,
D'ailleurs, cela le gênait peu
D'avoir la marque du génie,
Imprimée en signes de feu.

Il la portait sur son épaule,
Et combien il avait raison
De se contenter de ce rôle
Et d'être fier d'un tel blason.

Libérez-le, qu'on le libère !
Il daigne accepter cet affront...
Mais que votre amour impubère
Mette des roses à son front.

Imaginez une couronne,
Si belle qu'on puisse oublier
Le vieux nimbe qui l'environne
Et qui n'est fait que de laurier !

AU POÈTE KAMI

(La belle Saïnara d'Ernest d'Hervilly.)

O poète Kami, modèle des amants,
Qui d'un pinceau léger sous des couleurs d'Asie,
Sachant que rien n'est vrai qu'un peu de poésie,
Traças pour ton amour dix mille vers charmants;

Taïphoun, hérissé de sabres alarmants,
Les Lemerres lointains, la feinte frénésie
De Musmé, rien n'émeut ta nature choisie:
Le madrigal sourit à tes derniers moments.

Je voudrais de ma main, hélas, occidentale!
A ta place effeuiller, pétale par pétale,
Cet amour rose, né d'un complot ténébreux.

Cueille ta douce fleur de pêcher, puis édite
Tes vers, pour qu'on les lise et que je les médite,
O toi qui restas chaste et pourtant fus heureux.

4.

A THÉOPHILE GAUTIER

(Pour *le Tombeau de Théophile Gautier.*)

Comme les Grecs, ouvrant les yeux à la Beauté,
Voyaient avec le jour la mer bleue et les îles,
L'éclat fin des couleurs et les formes tranquilles
Sous le ciel transparent et calme de l'été,

Ainsi, maître de grâce et de sérénité,
Maître du rythme grave et des strophes agiles,
Pour fuir l'aspect du mal qui tord nos corps fragiles,
Tu tenais vers le beau ton regard arrêté.

Un autre âge eût plus haut proclamé ton génie :
Car les hommes, parfois épris de l'harmonie,
Dressèrent des autels aux êtres radieux;

O sage, né du sang de l'aurore première,
Qui répandis longtemps pour ce siècle sans dieux
Ton esprit magnifique aimé de la lumière.

A LA MÉMOIRE DES BONS POÈTES

Où sont les bons poètes
Qui furent mes amis?
Leurs lèvres sont muettes
Et leurs yeux endormis.

Valade à la prunelle
Douce et fine à la fois,
Dont la voix fraternelle
Chantait avec ma voix;

Verlaine, face étrange,
Lyre inconnue encor,
Qui crée, invente, change
Les lois des rythmes d'or;

Vicaire avec les fées
Qu'on voit dans l'air pâli,
De verveine coiffées,
Causait au Bois joli.

D'autres encore, d'autres,
Étés évanouis !
Doux comme des apôtres,
Ils marchaient éblouis.

Pauvres âmes dolentes
Qui nous parlaient si bien !
Ces choses sont méchantes
Et ne servent à rien.

O Parque injurieuse !
Avant l'heure, il te faut
La tête radieuse
Parce qu'elle est plus haut.

IMPRESSIONS ET NOTES D'ART

* * *

J'ai trouvé l'hiver charmant,
Je n'ai pas senti la neige ;
Je marchais dans le cortège
De la Belle au Bois Dormant.

Lorsques nous fûmes près d'elle,
Auprès de son grand lit d'or,
On voyait son rêve encor
La caresser d'un coup d'aile.

Je l'admirais à genoux :
Elle s'était réveillée ;
La princesse émerveillée
Me regarda d'un air doux.

Puis elle me dit ses songes
Peints de toutes les couleurs :
Les images sont des fleurs
Et ne sont pas des mensonges ;

Et je faisais des bouquets
De toutes sortes de choses,
Et les mots étaient des roses,
Des clochettes de muguets.

La belle reine choisie
Souffrait mon culte ingénu :
Elle m'avait reconnu,
L'éternelle poésie!

⁂

Assez regardé l'homme et connu son visage.
Depuis longtemps je n'ai pas fait de paysage;
Essayons, l'heure invite... Au bord du ciel plus clair,
Voici que le printemps aux caresses de l'air
(Qui toussait tout à l'heure et grognait sans rien dire),
Jeune et chantant déjà, répond par un sourire.
Dans Virgile écoutez la flûte des bergers !...
L'amandier qui se hâte étoile nos vergers,
Le bourgeon qui sera l'habillement des branches
S'enfle, s'ouvre, verdit près des épines blanches,
Sur la terre aujourd'hui, c'est fête et c'est concert.
La table des oiseaux est mise; le dessert,
Dont la fleur qui se noue apprête les surprises
Viendra bientôt avec les premières cerises!

*
* *

A Albert Collignon.

J'ai conservé dans mon esprit,
Comme on imprime sur des pages,
Une suite exacte d'images
Où la lumière chante et rit.

Quand je veux, je suis à Venise,
Devant Saint-Marc et son décor
Et les chevaux de bronze et d'or
Qu'un cadre unique divinise.

Je demeurerais là toujours,
Mais, voyageuse, ma pensée
Poursuit la route commencée
Et m'incline à d'autres retours.

Voici qu'ému d'un trouble étrange
Malgré mon espoir averti,
J'ai fait, rêvant à Ghiberti,
La rencontre de Michel-Ange...

Des rivages magiciens,
Le golfe, la beauté des îles
Me retiennent, divins asiles
Pour les mânes des dieux anciens ;

Puis je revois dans une gloire
Que lui font, mirage pareil,
Son nom magique et le soleil
Rome, éternité de l'histoire !

MAI

Les mois comme les cœurs ont leur jeune saison.
Sang de l'arbre, la sève écume au bout des branches;
Les jours nouveaux sont bleus, les collines sont blanches:
Les fleurettes partout pointent dans le gazon.

Nos hivers de Paris ont peut-être raison
De n'avoir pour l'azur ni fêtes ni dimanches,
Puisque Mai prend sur eux de pareilles revanches.
— Un cercle de clarté dessine l'horizon.

Nos cœurs comme les mois donnent des primevères;
Pourquoi sont-ils régis par des lois plus sévères?
Les belles fleurs d'amour qui naissent sous nos pas

Nous les cueillons le long de nos jeunes années,
Mais bien avant le soir elles se sont fanées,
Et, malgré les printemps, ne refleurissent pas.

PRINTEMPS

A Albert-Émile Sorel.

I

Nos hivers sont des grelotteux,
Des fainéants, des pas grand'chose,
Qui font, pour qu'on s'occupe d'eux,
Le corps souffrant et l'âme close.

Allez vous-en ! mes yeux sont las
Et se ferment à vos hantises.
O le sourire des lilas
Et l'or en grappe des cytises !

L'air clair, les bois ressuscités
La vie errante dans les branches,
L'aube adorable des étés
Et ses bouquets d'étoiles blanches ;

Les soirs qui durent, blonds et doux,
Et qui prolongent la lumière !
La saison neuve vient à nous,
Presque à son heure coutumière.

Dans le concert harmonieux
De la terre, grâce éternelle,
Ouvrons notre cœur et nos yeux
A la caresse maternelle.

II

Dans le printemps qui va venir,
Par qui la terre est courtisée,
Mène les jours doux à tenir
Et mène ta jeune épousée,

Tu peux ne t'apercevoir pas
Que les heures d'avril sont brèves ;
Allez aussi loin que vos pas
S'accorderont avec vos rêves.

Un souffle jeune et caressant
Déplisse les pousses câlines ;
Allez sous le ciel bleuissant
Vers la blancheur de nos collines ;

C'est Verrières ou c'est Meudon :
C'est tout près d'ici que les fées
Jouèrent et nous firent don
De ces sentes de fleurs coiffées.

Bien sûr, elles y sont encor ;
Marchez doucement sans rien dire :
Dans la grâce de leur décor
Mon oreille les entend rire.

III

Si vous n'êtes pas avisés
(J'en eus comme un coup de folie,
En d'anciens jours favorisés)
Que notre banlieue est jolie,

Allez-y, vers les jours premiers
De ses blancheurs roses et gaies,
Qui sont la neige des pommiers,
Faire des bouquets dans nos haies.

L'aubépine rit aux buissons,
Elle est là pour que tu la cueilles ;
— Écoute. Entends-tu les chansons
Qui se cachent parmi les feuilles ?

Ce sont les chansons de chez nous,
Qui sont si belles et si douces
Que les oiseaux en sont jaloux
Dans leurs nids d'herbes et de mousses.

Vois, il n'est pas besoin d'aller
Par une route au loin choisie
Pour faire à leur aise voler
Les ailes de ta fantaisie.

IV

Après les jours affreux et noirs
Qui lassent même l'espérance,
Si vous saviez comme les soirs
Sont doux dans notre Ile-de-France !

Bien que je garde le souci
Nostalgique de l'Italie,
La pauvre lumière d'ici
Est moins belle, mais plus jolie.

Elle a des façons de clarté
Des demi-mots si l'on peut dire,
Plus délicats que la gaîté,
Étant le charme et le sourire ;

Des nuances comme en mineur
Dans une fraîche symphonie,
Et c'est ce qui fait au bonheur
Une extase presque infinie.

Puisque voici les jours venus
Que notre ciel enfin renaisse,
Cueillez dans nos séntiers connus
Les roses de votre jeunesse.

*
* *

Voici le mois délicieux
Des verdures bientôt profondes :
Le ciel est doux comme les yeux
Des jeunes femmes qui sont blondes.

Ses paupières, vers le matin,
Étant à peine réveillées,
Dans une odeur d'herbe et de thym,
Ont des perles ensommeillées.

Parmi ces brumes de fraîcheur,
Où l'on voit poindre le sourire,
C'est le rose et c'est la blancheur
De la lumière qui va luire.

TROIS CHANSONS

I

Notre vieux ciel n'est plus vermeil :
On dirait que l'aube l'ennuie.
Après le rire du soleil,
Voici les larmes de la pluie.

Bien que Mai ne soit pas clément
Aux pousses en Avril écloses,
Aucune bise heureusement
Ne peut geler toutes les roses.

Tremblante à cet ombre de jour,
La plante frissonne affaissée :
Telle cette autre fleur, l'amour,
Sous le ciel gris de la pensée.

Mais l'âme a beau, comme le ciel,
Se couvrir de lourdes nuées,
L'été suit son ordre éternel
De floraisons continuées.

Dans le cœur et dans le buisson
Il ne manque, malgré ce voile,
Pas une note à la chanson,
A la branche pas une étoile.

Ainsi le temps peut s'assombrir
Et faire peur aux brises folles :
Un rayon suffit pour ouvrir
Les lèvres comme les corolles.

II

Notre âme, selon les saisons,
Est pleine de lumière ou d'ombre.
C'est la couleur des horizons
Qui nous fait voir riant ou sombre.

Au mois d'avril, tout est désir :
Les violettes sont écloses ;
Mais en été l'on peut choisir,
Et le cœur gai choisit les roses.

Le ciel à peine ouvre les fleurs
Que déjà c'est, avec l'automne,
L'effacement de leurs couleurs
Au souffle du vent monotone.

On veut encore retenir
Un regard vague, une caresse.
L'hiver est là qui va venir,
Et la fuite des jours nous presse.

Voici le froid, il fait tout noir...
Avec les belles nuits passées
Nous remettons, quand vient le soir,
Des étoiles dans nos pensées.

III

Lequel vaut le mieux, être aimé
Plus qu'on ne peut aimer soi-même,
Ou bien vaincu, meurtri, charmé,
Endurer seul un mal suprême ?

Recevoir un baiser tremblant,
Et ne pas pouvoir y répondre,
Ou sentir son désir brûlant
Près d'une glace sans la fondre ?

Écouter un aveu d'amour,
Et ne trouver que des paroles
Indifférentes en retour,
Ou bien crier des phrases folles ?

Attendre sans hâte, le soir,
Son petit pied vif et fidèle,
Ou, troublé de peur et d'espoir,
Courir en pleurs au devant d'elle ?

Accepter l'adieu sans pâlir,
D'une âme froide et préparée,
Ou prolonger, à défaillir,
Une étreinte désespérée ?...

Car l'amour est un divin mal
Qui nous écrase ou nous effleure.
Le partage n'est pas égal :
Il faut que l'un ou l'autre pleure.

LA RÉFORME DE L'ORTHOGRAPHE

Noël, qui l'eût dit? Qui l'eût cru,
Chapsal? On va manger tout cru
Ce vieux ragoût des participes,
Par vos mains si bien mijoté,
Dont la recette en vérité,
Se résume en quelques principes!

Dès mon enfance, j'ai tété
Le lait de l'Université,
Et, sans la prendre pour ma mère,
Avant de mordre à Cicéron,
J'eus comme vous pour biberon
Le sein même de la grammaire.

Horloge devient masculin !
Pourquoi ? Pour qu'un Normand malin,
Dont je veux bien faire l'éloge
Pour un antique parti pris,
Vienne se moquer de Paris
Avec sa tour « du gros Horloge » !

Délice, orgue, ça m'est égal !
Pourtant c'était un vrai régal
Que ce sexe où l'on se promène !
En ira-t-il mieux pour trois mots
Immolés en l'honneur des sots
A qui l'on rend « l'Aigle romaine ! »

Bonnes règles de mon passé,
Vieilles par qui je fus bercé,
Allez dire à votre grand Maître :
« Nous restons. Tes efforts sont vains ;
Ce sont tous nos bons écrivains
Qui viennent de nous le permettre ! »

TIENS HAUTE TA PENSÉE

A Ernest Prévost.

Tiens haute ta pensée et respecte ta foi !
Si tu veux conquérir la foule, baisse-toi.
Dans l'orgueil de toi-même et de l'œuvre accomplie
Laisse à d'autres le soin d'une taille avilie.
Marche ébloui parmi les fêtes de l'été,
Les regards et le cœur ouverts à la beauté.
Qu'au feu d'un sûr creuset ta strophe soit rougie,
Que ton vers soit d'or pur et de belle effigie ;
Franc comme lui, qu'il sonne ainsi que le métal.
Personne n'entendra ! Sinon il est fatal
Que l'oreille s'offense au bruit divin du verbe...
Qu'importe ? Fais ton œuvre éphémère ou superbe.

MUSIQUE DU VERS

Le vers est sa musique à lui-même. Il n'est rien
Qui puisse l'embellir, et le musicien,
N'a que faire, malgré sa grâce ou son génie,
De noter à son tour la pensée infinie.
La musique du vers, qu'on lit ou qu'on entend,
C'est le rythme des mots qui parlent en chantant.
L'air modulé sorti de boites alarmantes
Pourrait troubler la voix des syllabes charmantes.
Pourtant il fut jadis des verbes et des sons
Qui s'accordent si bien dans nos vieilles chansons
Qu'ici l'on applaudit à cet acte physique :
Les strophes se donnant aux notes de musique.

A MADEMOISELLE MAURICETTE PRÉVOST

Mauricette, quand j'entendis
Ces mots : « Monsieur Mérat, je t'aime »,
Je crus faire un rêve, et je vis
Que j'étais aimé pour moi-même !

Fatuité, si vous voulez,
Vous si mignonne et si jolie,
Moi dont les charmes envolés
Ne sont plus que mélancolie !

Je n'ai pas tenu tous les jours
L'âme d'une femme occupée,
Mauricette aux yeux de velours,
Haute comme votre poupée.

Vous n'avez pas encor cinq ans,
Et ce petit cœur en offrande
Vaut mieux que les airs provocants
D'une personne bien plus grande.

Rien de calculé ni d'appris ;
La voix était franche, assurée :
— C'est ce qui donne tant de prix
A votre *flamme* déclarée.

AU SAGITTAIRE

Sagittaire, mon ami,
Tu parais t'être endormi
A l'ombre d'un laurier rose.
Dans sa constellation
Que doit penser le Lion
D'un chasseur qui se repose ?

Et la gloire de ton nom !
Es-tu Sagittaire ou non ?
Bon archer, où sont tes flèches ?
Prends-en dans ton carquois d'or :
Leur bois a sa sève encor,
Leurs pointes sont toutes fraîches.

Tes flèches seront des mots,
Grâce au ciel, il est des sots
En scène, dans la coulisse,
Et des sottises aussi
Qui t'invitent, dieu merci,
A ce petit exercice.

Regarde : tu peux choisir...
Pour occuper ton loisir
Cherche une canaillerie
Du genre qu'il te plaira :
Cette plante germera,
Elle germe, elle est fleurie.

Les vices ou les travers
Les faiseurs de mauvais vers
Qui confinent presque au crime...
La lutte est art d'agrément :
Pique-les légèrement
D'un trait juste ou d'une rime.

STATUETTES

Au sculpteur Alphonse Saladin.

Les Grecs en qui tout art réside
Dressaient, hautes, dans l'Agora
Des Minerves avec l'égide,
Et modelaient à Tanagra,

Dans leur grâce rose et fragile,
Jeunes et vivantes encor,
De mignonnes femmes d'argile
Valant les dieux de marbre et d'or.

Bien loin de ces frêles amantes
Qui ne laissèrent pas de nom,
Il fallut des nymphes charmantes
Aux vitrines de Trianon :

Clodion fit des statuettes
Pour le décor et le bateau
Vers qui vont, longues et fluettes,
Les promeneuses de Watteau.

Quelque dieu lui fut favorable :
La grâce vit avec bonté
Ce maître qui fit adorable
La récente nubilité.

Pourvu que l'art s'y perpétue,
La statuette au corps divin
N'est pas moindre que la statue :
Mesurer le beau serait vain.

A UN PORTRAIT DE BOURGEOISE

Honnête portrait de bourgeoise,
Par Tournès peint honnêtement
Mes tableaux t'auraient cherché noise :
Je n'ai pu t'accrocher vraiment !

Sage, discret et prosaïque,
Sans laideur comme sans beauté,
Parmi les notes de musique
Tu faisais un terne *a parte*.

Je t'avais donné pour voisine
Une tête qu'on dût baiser...
Tu n'étais plus qu'une cousine
Qu'un notaire vient d'épouser.

Comme parfois on vous présente
Un snob qu'on n'eût pas invité,
Mes portraits (j'en ai plus de trente
Vivant en petit comité),

Chuchotaient : « Quelle est cette dame?
« Elle n'est pas mal, elle est bien...
« Les traits sont jolis, mais sans flamme
« Et le corsage ne vaut rien ! »

Et les pastels poudrés d'aïeules,
Les grand-mères aux yeux railleurs,
Sans faire pourtant les bégueules
Semblaient te renvoyer ailleurs ;

Et les fillettes plus malignes,
Se tenant plutôt assez mal,
Entre elles se faisaient des signes
Comme au vu d'un cas anormal...

Va, retourne chez ton notaire,
Dans un monde moins avisé;
Va-t'en. C'est là que tu peux plaire,
Pauvre portrait dépaysé !

LE DESSIN

A Paul de Frick.

Magicien noble et fidèle
Des belles formes d'ici-bas,
Le dessin fait chose immortelle
La ligne qui n'existe pas.

Cependant, pour l'œil, elle existe !
Une étrange irréalité
L'évoque, et la main de l'artiste
Par elle exprime la beauté.

Le sein qui pointe, fleur divine,
Ou les clairs visages d'amour,
Un trait les fixe et détermine
Cette illusion, le contour.

Ainsi le dessin, art robuste,
Sans reliefs et sans tons divers,
Sculpte bien et peint aussi juste
Que les syllabes d'un beau vers.

LE PASTEL

A Maurice Lévis.

Ses finesses dépassent celles
Des plus fraîches parmi les fleurs.
Les papillons ont sur leurs ailes
Cette poussière de couleurs.

C'est chose délicate et tendre
Comme un duvet harmonieux,
De la lumière et de la cendre,
Une caresse pour les yeux.

Dans ces tons de lueur voilée
Il faut peindre, comme Latour,
Des yeux de grâce immaculée
Ou Madame de Pompadour.

Roses que le temps a pâlies,
Rien qu'à les toucher de ses doigts,
C'est cela qui rend si jolies
Les belles dames d'autrefois.

Sous le verre qui le protège
Je cherche avec des yeux déçus
Le grain léger d'un sein de neige,
Mais un souffle a passé dessus.

LOUISE

A Gustave Charpentier.

Je suis amoureux de Louise,
Poète, de lumière épris,
Qui notes en musique exquise
La vie et l'âme de Paris.

Ce n'est pas vu de l'Empyrée,
Mais de Montmartre l'on peut voir
Dans la ville démesurée
L'amour facile ou le devoir.

Le père ouvrier, la fillette
Dont l'aiguille a marqué les doigts,
Qui s'éprend d'un vague poète
Chantant en face sur les toits.

C'est bien simple comme donnée :
La loi de l'amour éternel,
L'ambiance simultanée
De la tâche sombre et du ciel.

Ta broderie aux mille trames
Varie, ardente à le saisir,
Ce cri : « *Voilà l'plaisir mesdames !* »
Cette obsession du désir.

Et c'est juste ! C'est la jeunesse
Jolie et sans beaucoup de cœur,
Comme il faut que la fleur renaisse
Et que mai du froid soit vainqueur.

Parmi cette fête des choses,
En des trouvailles de valeurs,
On entend des sons bleus et roses
S'accorder comme des couleurs.

Charmeur, j'ai bu ta poésie
Et, joyeux, je reconnaissais
A sa belle saveur choisie
L'excellence d'un cru français.

LA PETITE CLASSE DE L'OPÉRA

Ce spectacle pour les familles
De Mademoiselle Subra
Nous suggère de voir nos filles
Dans les classes de l'Opéra.

Ces fillettes déjà jolies
Ont les coudes encor pointus,
Et pronostiquent les folies
Que l'on fera pour leurs tutus.

Est-ce Paris, est-ce la Grèce ?
Montmartre fait des Tanagras.
L'œil ressent comme une caresse
A l'envol léger de leurs bras.

La jambe nerveuse et sculptée,
Sans trucage, d'un contour sûr,
Plus tard et plus haut exaltée,
N'aura pas de galbe plus pur.

C'est un travail opiniâtre
Qui plie et rompt ces petits corps ;
Mais c'est joli comme au théâtre
Cette suite juste d'accords.

Malgré la décence de l'âge,
J'ai parfois surpris un regard
Charmant, mais sans enfantillage...
On sait ce qu'on sera plus tard.

A deux ou trois ans de distance,
C'était un appel matinal.
— J'ai reconnu dans l'assistance
Madame et Monsieur Cardinal.

Ces boutons qui seront des roses,
C'est leur culture, c'est leur bien...
Et j'ai médité sur ces choses
Auxquelles nous ne pouvons rien.

(*Exposition de l'Enfance.*)

LA PENSÉE

Ce n'est pas seulement le propre de la prose :
Même en vers, il convient de dire quelque chose.
On a tout dit, on n'a rien dit. On peut toujours
Poursuivre la pensée en ses mille détours
Et l'atteindre. Le ciel qui vit et nous regarde,
La femme avec l'amour, vers lesquels on s'attarde,
Le sage, le rêveur, l'amant, ceux qu'ici-bas
On appelle les fous et qui ne le sont pas ;
La vie autour de nous et celle de l'histoire,
Le fait qui n'est que peu comme le fait notoire,
Pourvu que le mot chante ainsi que dans un chœur,
Et l'obscur infini que je sens en mon cœur.

*
* *

Ton livre est fait, c'est bien ! C'est déjà le passé.
Tu fus heureux d'avoir écrit, d'avoir pensé,
D'avoir trouvé, luisant de la mer qui déferle,
Un caillou que tu pris parfois pour une perle.
Marche, va devant toi, ne te retourne pas
Vers la route où se voit l'empreinte de tes pas.
A ne point t'arrêter ta marche est affermie.
Va, guidé par la voix de la pensée amie,
Va, les regards levés et candides encor,
Vers l'horizon du soir, vêtu de pourpre et d'or.

∴

Comme l'écho, le soir, te parle dans les bois,
Voici qu'une âme écoute et répond à ta voix.
Des amis inconnus sur la page froissée
Se penchent attentifs pour cueillir ta pensée :
Ils ont fait un bouquet de tes petites fleurs,
Et ce sont là vraiment tes juges les meilleurs.

DEUX PEINTRES

A MILLET.

Grand paysan de notre race,
Voici longtemps, non sans émoi,
J'ai voulu me trouver en face
De ton œuvre belle et de toi !

Dans un livre où la poésie,
Près de l'eau-forte, lui parlait,
La page que j'avais choisie
Était la page de Millet ;

Je n'avais pas attendu l'heure
Tardive et lente où tu montas
Dans la gloire, qui n'est un leurre
Que pour ce qui ne la vaut pas.

Poète aussi des Géorgiques,
Voyant du soir et du matin,
Pour avoir su les cœurs rustiques,
Tu dépasses le grand Latin.

7.

Ton art sent la glèbe et l'exprime,
Et le geste de ton semeur,
Hugo seul, en un vers sublime,
Lui sut trouver la même ampleur.

Tes pauvres glaneuses superbes
Sont la paysanne en haillons
Qui se courbe, tout près des gerbes,
Sur l'avarice des sillons ;

Tes fileuses, tes ménagères
Ne sont pas laides, loin de là !
Elles sont graves et sévères :
C'est la terre qui veut cela.

Ta peinture parle, elle est juste
Et trouve des accords touchants
Pour nous dire la vie auguste
Des âmes simples et des champs.

Maître qui marchas les mains pleines
De la semaille du labour
A qui parlait la voix des plaines
Et la voix de l'homme à son tour,

Dors bien ! ta taille est mesurée !
Que soit légère à ton front las
La poussière noble et sacrée
De la terre lourde à leurs bras !

A COROT

Corot, homme de bonne foi,
D'une espèce peu coutumière,
Aucun peintre n'a comme toi
Rendu l'âme de la lumière,

C'est que ton âme, belle aussi,
S'éblouissant aux matins roses,
En échange avec celle-ci,
Reflétait la clarté des choses.

Tu vis, comme nul n'avait vu,
Par tes yeux simples embellie,
Merveilleux poète ingénu,
La divine et blonde Italie.

Mais la finesse d'un bouleau,
Un coin de notre Ile-de-France,
Des saules répétés dans l'eau
Furent encor ta préférence.

Tes coteaux de Ville-d'Avray,
Avec leurs étangs et leurs chênes,
Sont beaux parce qu'ils sont le vrai.
Ami des collines prochaines,

Tu lus la grâce des saisons,
Par communion sachant l'heure
Où la voix de nos horizons
Est la plus tendre et la meilleure.

Déplaçant parfois la beauté,
Tu reçus aussi la caresse,
Dans l'haleine de notre été,
Du souffle embaumé de la Grèce.

Ton regard fut évocateur
Des blanches nymphes enlacées;
Homère, le divin chanteur,
Te laissa lire ses pensées.

Ainsi, cœur naïf et divers,
Tu chantas en toiles sereines,
Plus belles que les plus beaux vers,
Nos eaux et celles des sirènes.

Dieu bonhomme, tout en fumant,
Tu modelais avec la gamme
De la lumière seulement
Le corps radieux de la femme,

Tu peux dormir en souriant,
O maître de grâce infinie :
L'aube perlant à l'orient
Fut ton extase et ton génie !

CONSEILS DU POÈTE A LUI-MÊME

CONSEILS DU POÈTE A LUI-MÊME.

I

Faire de nobles vers demeure en ton pouvoir.
Il suffit de penser ou seulement de voir,
D'ouvrir les yeux sur ceux qui vivent et qui passent
Ou ceux qui sont passés et que les jours effacent,
Sur le ciel inconnu des vagues lendemains.
Ouvre ton cœur et tes regards, ouvre tes mains
Sur l'étendue, hélas ! de la souffrance humaine :
L'espace indéfini des temps est ton domaine.
Peut-être, au jour où l'aube inconsciente a lui,
Tu vivais, avant d'être un vivant d'aujourd'hui !

II

Prends garde ! ne va pas, ainsi que des trophées,
Brandir les cheveux d'or des nymphes décoiffées,
Faune dont l'œil novice en guette une à l'écart.
Respire-les d'abord, puis dénoue avec art
Le miel fluide et fin des belles chevelures.
Les baisers ne sont pas quand même des brûlures.
Cueille les lèvres, mais cueille-les savamment.
C'est un art radieux d'avoir été l'amant,
Tant qu'aux yeux éblouis cette lumière dure,
Croyant presque, à genoux devant la Créature.

III

Poète sans désirs, dans la ville endormie,
Ose écrire des mots jolis pour une amie,
De jolis mots qu'on garde et qu'on redit un jour.
Si tu ne parles pas des choses de l'amour,
Trouve une ligne heureuse, un trait, une pensée,
Dans l'or divin des mots purement enchâssée,
Un vers harmonieux, né comme par hasard,
Qui rappelle un accord de Gluck ou de Mozart!

IV

Maîtres qui me parlez ! ô livres, mes amis,
Combien de jours encor me sera-t-il permis
De lire dans votre âme et dans votre pensée?
Voici ma vie, hélas! avant peu dépensée.
O mes guides charmants, ô mes bons compagnons,
J'aime avec piété la gloire de vos noms.
Vous fûtes bons pour moi, c'est dans votre génie
Que j'ai connu l'honneur de la lyre infinie,
L'harmonie adorable aux mille tons divers,
Et c'est la vie et vous qui fîtes tous mes vers!

V

Si, malgré moi, souvent je pense à l'Italie,
C'est que, par-dessus tout, la lumière est jolie,
Et qu'en mes yeux, levés vers le charme éternel,
Je voudrais attirer et mettre tout le ciel ;
C'est parce que je vis de la beauté des choses.
— J'ai connu le pays où sont les marbres roses.
Aussi, (contre la Grâce il n'est pas de recours),
Je pense à l'Italie et je la vois toujours.

VI

Penser, avoir cela pour tout rêve : c'est vivre.
Ajoute, chaque jour, une page à ton livre,
Et, sauf un trait léger quelquefois à leur peau,
Ne t'inquiète pas des bêtes, ce troupeau.
Regarde la lumière et regarde la femme :
La beauté que fleurit la jeunesse vaut l'âme!
Écoute aussi les sons, car le rythme est divin...
— Souffre, mais ne dis pas que vivre serait vain.

VII

Ce qui fait la beauté plus belle, c'est la grâce.
Évite la maigreur ou la ligne trop grasse
Dans le dessin léger des vers harmonieux.
Si ton front est marqué de ce signe, tes yeux
Verront dans sa splendeur luire la beauté nue ;
Mais elle est délicate et demeure ingénue.
Songe qu'elle se montre et se cache à la fois,
Et mets pour lui parler du charme dans ta voix.

VIII

Tu fais des vers! Tu dois comprendre la musique,
Car, bien que la pensée y soit un peu physique,
Que le rythme des vers et le rythme des sons
Impliquent d'autres lois, veuillent d'autres leçons,
C'est toujours ton parler adorable, Harmonie!
Un poème bien fait est une symphonie...
— Les oiseaux, c'est joli, mais l'orchestre ou la voix
C'est divin, c'est encor plus beau que dans les bois.

IX

Tu dois peindre. O magie ardente des couleurs !
Lumière du printemps qui fais le teint des fleurs,
Et qui fais au visage où l'enfance se joue
La rose du sourire et celle de la joue.
Charme égal à celui des mondes découverts !
Il faut saisir l'image aux mailles de tes vers ;
Psyché rare, la prendre étincelante et belle,
Et si ta main défaille et se trouble, rebelle,
Regarde bien, choisis et devine l'accord
Du trait clair et de l'ombre où la lumière dort.

X

La strophe est comme un marbre immuable et divin,
Qui demeure et sur qui les temps passent en vain.
La forme, sans laquelle il n'est pas de pensée,
Dans le marbre du vers sera par toi fixée.
Taille la masse inerte à l'image des dieux,
Ou du visage humain que l'homme comprend mieux.
Que sous ton ciseau naisse en souriant la femme.
Debout, victorieux, si tu portes la flamme,
Mutile le bloc lourd, éveille dans ses flancs
La nymphe qui sommeille au sein des marbres blancs.

XI

Comme un fruit que déjà décèle son odeur,
Ton vers doit se connaître à sa seule saveur.
S'il n'a pas un parfum de grâce qui soit tienne,
N'attends pas qu'on le cueille ou bien qu'on s'en souvienne.
Qu'il sente bon la sève ou les fleurs de l'été,
Il faut qu'on le préfère après l'avoir goûté ;
Que sa fraîcheur soit bien sa fraîcheur, et non celle
Que la lèvre a connue ailleurs et se rappelle.

XII

Te voici vis-à-vis de ta pensée ! Écoute.
Si le bruit est lointain, si ton oreille doute,
C'est le rêve indécis, et ce n'est pas encor
L'image bruissante et ses abeilles d'or.
Ces faiseuses de miel, servantes ingénues,
Tout à l'heure, vers toi, seront toutes venues.
Attends que l'essaim clair sur ton front soit posé.
Ce qu'il te reste à faire alors est bien aisé :
Les reconnaître, ayant levé les yeux vers elles,
Et laisser sur ton front choisi vibrer leurs ailes.

TABLE

TABLE

CHOSES PASSÉES

LE COIN DES POÈTES

IMPRESSIONS ET NOTES D'ART

DEUX PEINTRES

CONSEILS DU POÈTE A LUI-MÊME

ACHEVÉ D'IMPRIMER

le 16 novembre mil neuf cent un

PAR

ÉDOUARD CRÉTÉ, IMPRIMEUR

A CORBEIL.

2045-01

www.ingramcontent.com/pod-product-compliance
Ingram Content Group UK Ltd.
Pitfield, Milton Keynes, MK11 3LW, UK
UKHW012230240726
13966UKWH00003B/1036

9 782013 574495